笑いのシャワー

江口正子

論創社

目次

I 用心せよ

Ⅱ　妻の誤算

Ⅲ　手遅れ質問

Ⅰ　用心せよ

用心せよ

夫は　定年退職後
妻の自由を　取り上げた

朝に
昼に
夜に
食事を　要求
外出などは　なく

妻は
溜《た》め息と暮らし
呼吸困難

夫よ用心せよ
妻に　離婚の動きあり

近頃

近頃
空の機嫌がよろしくない
まことに気まぐれだ

昨日は雪を連れてきた
今日は春の暖かさを連れてきた
明日は突風連れてくるのだろか

我が家の女房殿と同じだ

感謝の花束

感謝の花束を
妻へ捧《ささ》げる
どうなる？

妻が
驚いて熱を測りにきたよ

夫の

夫の　ほめ言葉には
　用心　用心

とっさに
妻は財布を　隠した

まことに　素早かった

妻の心配

夫が　咳《せき》をした
熱を　出した

妻が
胸を　痛める

妻の　心配は
夫の　健康なのだろうか
給料なのだろうか

くしゃみが出る

くしゃみが出る
続けて出る
どこでの噂話《うわさ》？

出どころは　妻だ

妻よ
近々　臨時収入がある
俺の棚卸《たなおろし》
一先《ひとま》ず　お休みしてくれ

体重計

妻が
体重計に乗る
入浴前と
入浴後と

減量へ
涙ぐましき努力

その努力
万分の一なりと
夫孝行に　回せないものか

夫よ逃げろ

妻は
夫との口争いに
形勢《けいせい》　逆転すると
パワハラでは
と
正座して詰めよっていく

夫よ　逃げろ

命拾い

鬼女房と
うっかり口を滑らせる
女房の耳の故障で
命拾い

宝探し

か弱き妻の面影《おもかげ》　今では宝探し

逞しくなった妻

逞《たくま》しくなった妻へは
逆わず

長く連れ添った妻は
戦友

これからの人生
晴れにするのならば

逆わず

家庭内別居

不満を
鉄砲打ちする妻を
拒《こば》めるか

夫は
無言の檻《おり》の中へ
自分を閉じ込めてしまった
出ようとしない

無いと思えばよい

あると思うでない　若さとお金
無いと思えばよい　妻の優《やさ》しさ

定年後を

定年後を
一緒に暮らすならば
と

延長料金
請求する　妻

夫のやりきれなさ
停車駅　知らず

今のところ

妻の
老後の計画表から
夫が　抹消《け》されていた
今のところ
気づかれて　ない

Ⅱ　妻の誤算

夫との距離

妻は
夫の白髪の増えた
嘆《なげ》きなど聞く耳持たず
ゴルフの話など　頷《うなず》きもなし

夫と過ごした時間の経過は
探せど見つからず

夫との距離は
他人より　近く
こどもより　遙《はる》かに遠い

息子との会話

会社勤《づと》めは　どう?
ふつう

寒くなかった?
ふつう

母にとっての息子は
乳離れしない子どものままだ

電車は混んでなかった？
ふつう
お腹　空《す》いてない？
ふつう
自立した息子との会話は
これだけになってしまった

社会人の息子

息子からの電話に
ドキッ
トーンの低さに
ドキッ
必要な時だけの電話
わかっているけれど
ドキッ

どうしよう

息子が　結婚をして
巣立って行った

それっきり
音沙汰《おとさた》なし

もう一人　残っている　息子も
やがては　去っていくだろ

すると
会話のなくなった
夫との　二人だけに？

どうしよう

こどもは

こどもは
わたしの命《いのち》
夫は　二の次　三の次
義母は　四の次　五の次

義母は　呟《つぶや》く
嫁に聞こえない　声で
息子は
わたしの命

兆しあり

息子より
十七歳年上の　嫁
嫁と一緒でないと
帰ってこない　息子

姑《しゅうとめ》は
息子の　顔見たさゆえに
折れる　折れる

嫁は
年上ゆえに
折れる　折れる

忍耐の噴火の兆《きざ》しあり

天敵

言いたい放題の
姑が　嫁に　噛《か》みついた
言いたい放題の
嫁が　姑に　噛みついた
名医が
二人の口を　縫《ぬ》いつけた
来世まで　大丈夫だろうか

いい嫁

いい嫁と　縁《えん》があった
と
車椅子の
九十八歳の姑は　手を合わせる

幸せを抱いている　顔だ
運に　縁のない顔とは？
そりゃ
仕立て直しの出来ない顔だろ

たまたま

たまたま良いことをした
たまたま悪いことをした

それじゃ
たまたま死んじゃった
これはどうだい

それだけはお断りだねぇ
帰ってこれないからね

お迎え

あの世から
妻が　迎えにくる頃だ　と

じいさまの　ひとりが
ゆるり　ゆるり
身辺整理を

三人居《い》た　妻の
どの妻が　出迎えるのだろうか

あの世への

あの世への　ツアーを
ある旅行会社が　企画をした
はたして
実現は　なるやいなや

……………

四月一日《エイプリルフール》が　ニヤッと笑った

遺影

遺影には
イケメン当時の写真を
と
じいちゃんが遺言書に記載

実行された
じいちゃんのV《ブイ》サインは
格好よかったけれど
笑い過ぎだった

弾丸の如く

弾丸の如く
妻を叱《しか》る　夫がいた
妻の認知症　進み

医者の注意事項に
「叱るべからず」とあった
口を閉ざした　夫は
無気力に
間もなく認知症になった

妻よ

妻よ
あゝ　妻よ
認知症になった夫が
妻を　呼ぶ
帰ってこない妻を呼ぶ
妻よ……

妻の誤算

あの世の妻のところへ
夫が　駆けつけた

こんなに
早く　来るなんて……

三途の川

生きたようにしか
死ねないという
ほんとだろか

何年の何月の何日の何時の
何分生まれで
その人の　寿命の終りが
分かるという
ほんとだろか

三途《さんず》の川の向こう岸で
閻魔《えんま》大王が待ちかまえ
判決を下すという
ほんとだろか

どんな　判決だろか
こわくもあり　こわくもあり

さりとて
逃げることのできない
三途の川
おそろしくあり　おそろしくあり

Ⅲ　手遅れ質問

大阪の街に

大阪の街に
豹《ひょう》の放し飼い
服に　鞄《かばん》に

豹も街も
野放図な　この明るさ

豹の放し飼いって
いいねぇ

前を行く女

前を行く女《ひと》の
ロングの　鬘《かつら》から
値札が　見え隠れ

声をかけよか　かけまいか
中年の男《ひと》
迷ったまんまで
女のうしろを　歩く

川風が値札を吹き上げた

整形の女

整形した鼻へ
ボールが　直撃
鼻の形が　崩れた

その後《ご》の女《ひと》
どうなったやら

鼻の形　元へ戻したか
戻せなかったか
誰も知らず

手遅れ質問

コーヒ通《つう》はスリム
の　コマーシャルに

ひとりのお年寄りが
我が三段腹を　指さし
まだ間に合うかを問い合わせていた

この手遅れ質問に
電線のカラスが
バカァと　一声鳴《な》いた

婿どの

お洒落《しゃれ》な婿《むこ》どのが
ピアスを　鼻の下へつけた

それ見た
義母の悲鳴は
地球を　一周　二周

他のお洒落ならば　と
二人の間で
約束交わされたのだけど
その約束　守られるのか　否《いな》か

認知症の婆

認知症の婆《ばあば》が
受話器を　手に取り
オレオレ詐欺《さぎ》さま？
誰彼《だれかれ》　構わず聞く

即座に　切れる
婆の　電話応対
百点満点

孫が

孫がやってきた

財布の中身を

溜《た》め息が　覗《のぞ》き見る

孫が帰る

淋《さみ》しいやら

ほっとするやら

婆の整形手術

八十歳に　迫る　婆《ばあば》が
鏡ばかり　覗《のぞ》きこみ
整形手術を　繰り返して行い
有頂天《うちょうてん》の　世界へ　入っていった
夫の残した　財産を
浪費《つか》い　果たしてしまった

なぜか
笑ってばかりいる
いいなぁ
強がる力を　残しておいて

嘆く資産家

お金は要《い》らない　と
嘆く資産家がいた
何があったかは分からねど

それを耳にした女房族
訳がわからず　頷《うなず》く
胸の中　覗《のぞ》くと
地獄の沙汰《さた》も　お金次第
深く　憧《あこが》れている

年を取る

わたしは年を取る
地球も
年を取る
時間だけは
年を　取らないよ
羨《うらや》ましいねぇ

カラスの悩み

好きで
カラスに生まれたわけではない
好きで
嫌われやっているわけではない
嫌われ承知で　生きるしかない
一度は
憧《あこが》れの白服着てみたい

ゴキブリが

ゴキブリが一匹《いっぴき》　ヨロヨロ
　　　　　　　　フラフラ

ゴキブリよ
おまえも
熱中症になったのか

……………

悲鳴をあげたところで
救急車はこないよ

おしゃべりスズメ

おしゃべりスズメが
五羽　十羽　二十羽

何を騒いでいるのやら
騒ぐことあるのだろか

おーい
だれかスズメへ
通訳つけてくれないか

貸ガレージ

貸ガレージの　棚に
サボテンの鉢が　置かれた

狭い空間だ
車を　乗り入れするたび
トゲに　刺されるか　と
睨《にら》みつける

ところが
サボテンに　花が咲き
得《え》も言われぬ　美しさ

すると
サボテンのトゲが　向きを
変えた

サボテンは　人間の心が読める
これには驚いた

この道

お年寄り通れば
この道　お年寄り道
こども通れば
この道　こども道

愛犬通れば
この道　愛犬道

お向いの　老犬ムック
尻尾《しっぽ》ふりふり
玄関前で　お相手する

ムックの顔は　晴れマーク

老母へ

足腰が弱りはじめた　老母《はは》に
「わたしを産んでくれてありがとう」
と　感謝のことばを
伝えたいのに
照れが　邪魔をして　言えない

歩行が　困難になった　老母へ
「今日こそは」
と　自分に言い聞かせるのだけど
またまた
「今日こそ」が　消えてしまった
消えてほしいのは照れの方なのに

残る時間

あれあれだけで会話が成り立ち
それそれだけで日が暮れ
老夫婦は残る時間をそっと寄り添う
静かに……
そーっと

あとがき

この詩集のほとんどが、実在者の方々であり、また、見聞きしました事柄などであります。

取材は、とても楽しく、大笑いの中で書き記しました。

快くご協力くださいました皆々様へ、心より御礼申し上げます。

結びに、論創社の森下社長と、本書の発刊にご尽力下さりお世話になりました松永編集部長、そして関係者の方々に、感謝申し上げます。

大変にありがとうございました。

二〇一九年十一月　　江口　正子

詩
江口　正子（えぐち　まさこ）
京都に生まれる。
(社)日本児童文芸家協会会員。
著書：
少年詩集「なおことロッキー」（かど創房）
「自分のなかを」（芸風書院）
「ぞうのかばん」「みてみたい」（銀の鈴社）
「水の勇気」「小さな勇気」「勇気の子」（銀の鈴社）

笑いのシャワー

2019年12月1日　初版第1刷印刷
2019年12月10日　初版第1刷発行

著　者　江口　正子

発行者　森下　紀夫

発行所　論 創 社
〒101-0051 東京都千代田区神田神保町 2-23　北井ビル
tel. 03 (3264) 5254　fax. 03 (3264) 5232
http://www.ronso.co.jp　振替口座 00160-1-155266

装　幀　野村　浩
組　版　中野浩輝
印刷・製本　中央精版印刷
ISBN978-4-8460-1881-8